Não gosto de salada!

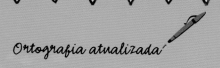

Ortografia atualizada

Esta obra foi publicada originalmente em inglês com o título I DON'T LIKE SALAD!
por Andersen Press Ltd
Licença por The Illuminated Film Company.
Baseado na série de desenho animado LITTLE PRINCESS
© The illuminated Film Company 2007
Produção autorizada por Andersen Press Ltd, Londres
"Não gosto de salada!" ("I don't like salad!") episódio escrito por Cas Willing
Produtor: Iain Harvey. Diretor: Edward Foster
© The Illuminated Film Company / Tony Ross 2008
Design e layout © Andersen Press Ltd 2008
Copyright © 2009, Editora WMF Martins Fontes Ltda., São Paulo, para a presente edição.

1ª edição *2009*

Tradução *ANDRÉA STAHEL M. DA SILVA*

Acompanhamento editorial *Luzia Aparecida dos Santos*
Revisões gráficas *Thelma Batistão, Márcia Leme*
Edição de arte *Katia Harumi Terasaka*
Produção gráfica *Geraldo Alves*
Paginação *Moacir Katsumi Matsusaki*
Impressão e acabamento *Yangraf Gráfica e Editora*

Dados Internacionais de Catalogação na Publicação (CIP)
(Câmara Brasileira do Livro, SP, Brasil)

Ross, Tony
    Não gosto de salada! / Tony Ross ; tradução Andréa Stahel
M. da Silva. – São Paulo : Editora WMF Martins Fontes, 2009.

    Título original: I don't like salad.
    ISBN 978-85-7827-192-3

    1. Literatura infanto-juvenil I. Título.

09-09578   CDD-028.5

Índices para catálogo sistemático:
1. Literatura infantil   028.5
2. Literatura infanto-juvenil   028.5

Todos os direitos desta edição reservados à
Editora WMF Martins Fontes Ltda.
Rua Conselheiro Ramalho, 330 01325-000 São Paulo SP Brasil
Tel. (11) 3293.8150 Fax (11) 3101.1042
e-mail: info@wmfmartinsfontes.com.br http://www.wmfmartinsfontes.com.br

Não gosto de salada!

Tony Ross

Tradução: Andréa Stahel M. da Silva

wmf **martinsfontes**

SÃO PAULO 2009

A Princesinha correu para a cozinha.
– Está na hora do almoço e estou com fome!
Tchap! Tchap! Tchap! O *Chef* estava picando ingredientes a toda velocidade. "Pode ser que tenha macarrão", pensou a Princesinha, "ou arroz, ou batatas. Hum, que delícia!"

O *Chef* beijou as pontas dos dedos e, todo orgulhoso, apresentou-lhe um prato de salada: – *Voilà*!

– Eca!

A Princesinha cutucou um tomate com o garfo.

– O que é isso?

O *Chef* fungou.

– É a deliciosa *salade du chef*.

– Ugh! – gemeu a Princesinha.

– Um pouco de maionese? – ele sugeriu, dirigindo-se à geladeira.

A Princesinha aproveitou a chance. Rápida como um raio, jogou a salada no colo.

Quando o *Chef* voltou para a mesa, levou um susto.

– Cadê?

– Acabou! –
sorriu a Princesinha. – Agora, posso comer a sobremesa?

A Princesinha agarrou a sobremesa e saiu correndo, espalhando porções do seu almoço pelo caminho.

"Parecia nojento!", ela deu um sorriso satisfeito. "Principalmente o tomate."

– Princesinha!

A Aia se aproximou, balançando uma folha de alface.

Pelo visto, a Princesinha não tinha conseguido esconder sua salada.

O *Chef* gesticulava para a salada na mesa da cozinha.

– Vejam, achei tudo espalhado por aí!

– Querida – disse a Rainha –, não se deve desperdiçar comida.

– Não gosta da comida que eu cozinho? – perguntou o *Chef*.

A Princesinha franziu as sobrancelhas.

– Não era cozida, era crua!

– Mas é comida boa – disse o Rei. – Especialmente cultivada pelo Jardineiro.

A Aia pensou um pouco:

– E se ela visse de onde vem?

– Então você não gosta da minha salada? – disse o Jardineiro.

A Princesinha fez que não.

– Bom, eu adoro – ele deu um risinho. – Mas é que eu mesmo cultivo tudo.

O Jardineiro mostrou um punhado de sementinhas.

– Como é que as plantas cabem aí? – admirou-se a Princesinha.

O Jardineiro sorriu com sabedoria.

– Milagre da Mãe Natureza.

Na estufa, o Jardineiro ajudou a
Princesinha a plantar sua semente.
– Cubra com terra – ele ensinou.
A Princesinha pegou um punhado de
barro.
– E agora?

– Agora regue.

A água espirrou para todo lado, e o Jardineiro riu. – E... espere.

A Princesinha ficou um tempão vigiando o vaso, mas nada brotou.

"Plantas levam muito tempo para crescer", ela concluiu, na hora de dormir.

Depois de esperar uma semana, a Princesinha quase desistiu.

– Acho que minha semente estava vazia – disse para a Aia.

Então, certa manhã, finalmente aconteceu.

– Está brotando! – gritou a Princesinha.

– **Está brotando!**

Chamaram o Jardineiro para
examinar o minúsculo brotinho
verde.
– É um belo exemplar – ele
anunciou.

A Princesinha não respondeu.
Ela estava muito ocupada,
abraçando o vaso.

O brotinho rapidamente virou um grande tomateiro.
Toda manhã, a Princesinha saía correndo para visitá-lo.
"Agora eu adoro tomates", ela disse, resoluta. "Mas só
para brincar com eles."

A Princesinha e o tomateiro
tornaram-se grandes amigos.

Às vezes eles saíam para dar
uma volta com o carrinho.

Às vezes iam nadar.

Às vezes, a Princesinha escolhia histórias para eles lerem. (A favorita era sobre uma princesa e uma ervilha.)

E, às vezes, até dançavam juntos!

Um dia, na hora do almoço, a Princesinha apareceu inesperadamente para dizer olá a sua planta.

– Hein?

O *Chef* estava na estufa, com uma tesoura na mão!

A Princesinha berrou:

– O que está fazendo com o Tomi?

– Os tomates estão maduros – gaguejou o *Chef*. – Perfeitos para minha salada.

– Eles... NÃO... são... para comer!

A Princesinha expulsou o *Chef* e regou o Tomi, muito delicada. "Vou cuidar dele para sempre", ela decidiu.

ploft!

O tomate mais redondo e vermelho do tomateiro caiu no chão!

A Princesinha gritou, chamando o Jardineiro, mas ele não pareceu surpreso.
– Quando ficam muito maduros, eles caem do pé – ele explicou.

A Princesinha tentou escorar Tomi com
as almofadas mais confortáveis do castelo.

ploct! Não adiantou nada. Mais dois tomates
rolaram para as mãos da Princesinha.

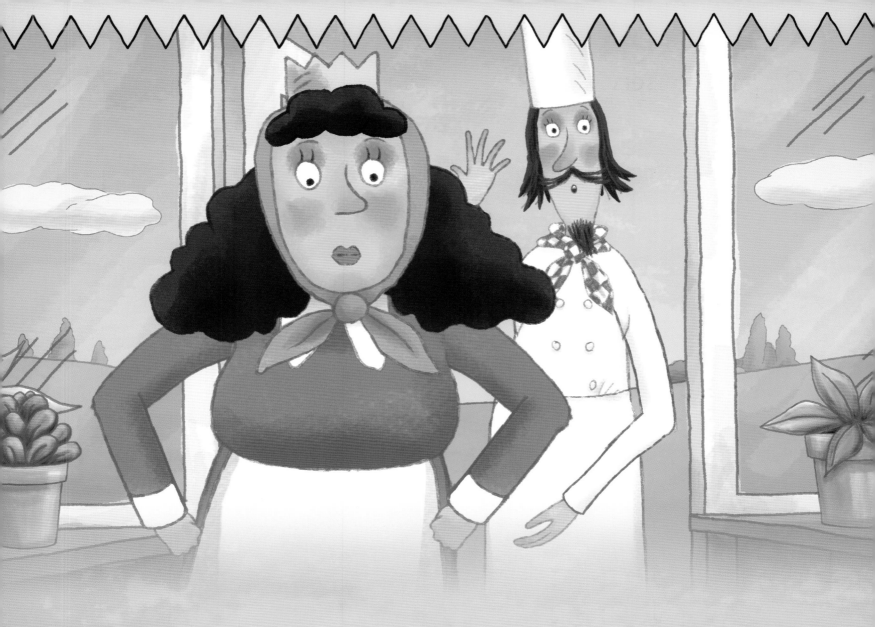

– Princesa!

A Rainha estava na porta da estufa.

– Não devemos desperdiçar comida.

O *Chef* pegou os tomates. – Obrigado.

A Princesinha cedeu. Ela precisava de um abraço.

O jantar foi servido.

– Quer um pouco, Princesinha? – perguntou o *Chef*.

– Os tomates estão tão suculentos!

A Princesinha cobriu o rosto com as mãos.

O Rei e a Rainha começaram a comer.

– São os melhores tomates que já comi – maravilhou-se o Rei.

– Como ela é habilidosa!

A Princesinha levantou os olhos.

– Você cuidou tão bem da planta que ela deu tomates muito saborosos – disse a Rainha. – Eles são um presente para você.

Era difícil recusar um presente. A Princesinha respirou fundo e experimentou um pedaço de tomate. – Ahn… gostoso! De repente, ela viu uns grãozinhos no prato.
– São as sementes – explicou o Rei.

– **Sementes?** – a Princesinha ficou toda contente. – Posso plantar mais!
E então todo o mundo vai poder experimentar...

… *salade de la Princesse!*